ÉTUDE

SUR LES

RHYTHMES DE LA POÉSIE FRANÇAISE,

PAR

M. St.-A. BERVILLE,

MEMBRE CORRESPONDANT DE L'ACADÉMIE DES SCIENCES, ARTS
ET BELLES-LETTRES DE CAEN.

CAEN,

TYPOGRAPHIE DE A. HARDEL, LIBRAIRE,
RUE FROIDE, 2.

—

1862.

ÉTUDE

SUR LES

RHYTHMES DE LA POÉSIE FRANÇAISE,

PAR

M. St.-A. BERVILLE,

MEMBRE CORRESPONDANT DE L'ACADÉMIE DES SCIENCES, ARTS
ET BELLES-LETTRES DE CAEN.

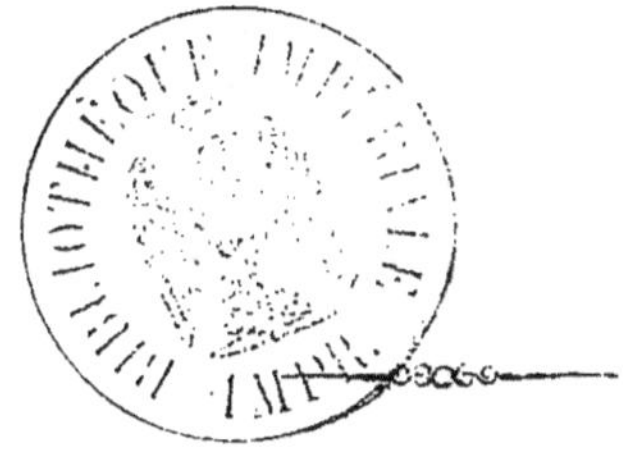

CAEN,

TYPOGRAPHIE DE A. HARDEL, LIBRAIRE,
RUE FROIDE, 2.
—
1862.

Extrait des Mémoires de l'Académie des Sciences, Arts
et Belles-Lettres de Caen.

ÉTUDE

RHYTHMES DE LA POÉSIE FRANÇAISE.

Quelle cause a fait adopter, pour le mètre poétique, une quantité plutôt qu'une autre ? Pourquoi la coupe du vers, ses repos, ses enjambements offrent-ils des combinaisons tantôt flatteuses, tantôt désagréables à l'oreille ? D'où vient que, dans la poésie lyrique, la marche de la strophe est plus ou moins harmonieuse, suivant le choix, le rapport, le nombre, la disposition des mètres qui la composent? Pourquoi, parmi les vers de différente mesure, en est-il qui se conviennent, d'autres qui se repoussent ? C'est là ce que j'ai voulu rechercher. Je me suis demandé s'il est une loi, jusqu'à présent inconnûe, qui détermine les proportions, les agencements, les affinités rhythmiques de nos vers français. Pour la reconnaître, une induction naturelle s'offrait à moi : j'ai dû considérer d'abord quels phénomènes analogues nous présente l'art musical, et quelle loi préside à leur accomplissement.

Chacun sait qu'une corde d'instrument, mise en vibration, rend, outre le son principal, des sons accessoires qui s'accordent avec lui et que l'on nomme ses *consonnances.* Tel est le fondement de l'harmonie naturelle. On sait aussi que ces sons accessoires sont produits par des divisions de la corde, lesquelles, dans leur longueur comme dans le nombre de leurs vibrations, sont en rapport mathématique avec elle. On sait enfin que, plus le rapport est simple , plus la consonnance est parfaite. Ainsi, la moitié de la corde donne l'octave, le tiers donne la quinte , les plus con-sonnants des intervalles. Ces divisions régulières du corps sonore , dont la vibration produit les conson-nances, sont connues sous le nom d'*aliquotes.*

Les lois de la nature sont simples et fécondes. Qui croirait que les rapports d'où naissent les divisions harmoniques du son fussent les mêmes qui président aux divisions chroniques du rhythme? Qu'est-ce , en effet, que la mesure, qu'est-ce que les temps, qu'est-ce que les valeurs des notes , sinon les divisions de la durée par ses aliquotes? Dans la mesure à deux ou à quatre temps, cette division s'opère par moitié. La ronde vaut deux blanches , la blanche deux noires, etc..... Dans la mesure à trois temps, dans le rhythme par triolets, la blanche pointée ou la mesure se par-tage en trois noires, la noire en trois triolets. Partout des rapports aliquotes, partout des effets d'autant plus heureux que ces rapports sont plus simples.

Appliquons maintenant ces notions aux rhythmes de la poésie, et considérons-les d'abord dans le vers pris isolément.

Il n'est, dans notre langue, que deux sortes de vers qui offrent, isolés, une valeur rhythmique : ce sont les vers de douze et de dix syllabes , que partage et que

caractérise une césure régulière. Les autres vers, trop
courts pour comporter la césure fixe, ne présentent point
de rapports harmoniques entre leurs parties, et n'ont
dès lors, qu'une cadence peu marquée et peu distincte
de la prose. Elle ne devient sensible que par le retour
de la rime ou par le rhythme combiné qui résulte
d'une suite de vers. Aussi la rencontre de ces petits
vers dans la prose ne choque-t-elle point comme celle
des vers de grande mesure. Molière, dans la première
scène du *Sicilien*, accumule, sans que l'oreille en soit
blessée, les petits vers de sept et de huit syllabes :

> Chut ! n'avancez pas davantage
> Et demeurez en cet endroit
> Jusqu'à ce que je vous appelle.
> Il fait noir comme dans un four,
> Et je ne vois pas une étoile
> 'Qui montre le bout de son nez.......

Si c'étaient de grands vers qui se trouvassent ainsi
rapprochés, l'effet n'en serait pas supportable.

Les vers par excellence, les véritables mètres sont
donc ceux qui, coupés par une césure fixe, se partagent
en deux membres correspondants dont les nombres
sont entre eux dans un rapport harmonique. Dans le
vers pentamètre, ce rapport est de quatre à six, ou
de deux à trois ; c'est une des relations les plus simples.
Celle de l'hexamètre l'est davantage encore ; c'est
celle de six à six ou de un à un. Aussi l'hexamètre
est-il de tous les vers français le plus nombreux : il
domine dans tous les genres de poésie ; il règne seul
dans les deux principaux, le drame et l'épopée.

On voit déjà pourquoi notre poésie rejette les vers
de onze et de neuf syllabes. Le nombre de onze n'est
susceptible d'aucune division harmonique : les seuls
rapports à établir seraient ceux de cinq à six ou de
quatre à sept, rapports éminemment irréguliers. Le
vers de neuf présenterait aussi celui de quatre à cinq,
qui ne l'est guère moins. On a pourtant essayé, dans
quelques poèmes d'opéras, d'employer le vers de neuf
syllabes, en y plaçant deux repos périodiques à des
intervalles égaux :

Je te perds, — fugitive — espérance,

Et peut-être cette coupe, qui n'est pas sans mélodie,
aurait-elle pu se faire admettre, sans la difficulté de
trouver un assortiment de mots convenables pour un
mètre ainsi morcelé.

La même loi qui vient de nous rendre raison de la
césure fixe des grands vers nous donne aussi le secret
de leurs césures artificielles. Il en est de deux espèces.
Les unes suspendent le vers avant la fin, les autres le
rejettent sur le vers suivant. Mais, dans l'un et l'autre
cas, les meilleures césures sont celles qui le divisent
de la manière la plus simple et la plus large. La césure
après la cinquième ou la septième syllabe, qui placerait
entre eux les deux membres du vers dans le rapport de
cinq à sept ou de sept à cinq, serait absolument in-
tolérable. Je n'en connais point d'exemple.

Essayez, en effet, de rhythmer :

De vos intérêts = je veux prendre un soin extrême....
. . . . ^ . . . .
Et le jour de la vengeance, = amis, n'est pas loin.....

Après la première et la onzième syllabe, la césure
est vicieuse encore, bien que le rapport soit moins
fractionné que dans l'exemple précédent. Il est impos-
sible d'approuver, même dans Racine, des coupes
telles que celles-ci :

> Je devrais, sur l'autel où ta main sacrifie,
> Te.... mais du prix qu'on m'offre il faut me contenter.
> . . . .
> Mais tout n'est pas détruit et vous en laissez vivre
> Un.... votre fils, seigneur, me défend de poursuivre.

L'auditeur, ici, n'entend qu'un vers de treize syllabes suivi d'un vers de onze ; c'est une dissonnance
complète. De même, on n'a pas oublié quels fous rires
ont accueilli ce vers étrange :

> Avoir été colosse et tout dépassé ! = Quoi !

Pour qu'une césure de ce genre puisse être admise,
il faut, du moins, que la syllabe qu'elle détache ne
se lie ni au vers qui précède ni au vers qui suit :

> Non, = il le faut ici confesser à sa gloire.
> . . . .
> Contre tant d'ennemis que vous reste-t-il ? = moi.

Une coupe beaucoup plus nombreuse est celle qui,
plaçant le repos après la deuxième, la quatrième, la
huitième ou la dixième syllabe, établit entre le vers,
l'hémistiche et la fraction de l'hémistiche des rapports
de quantité facilement appréciables à l'oreille :

> Je fuis ; = ainsi le veut la fortune ennemie.
> . . . .
> Les uns sont morts ; = la fuite a sauvé tout le reste.

. . . .
Tombe dans les vallons, s'y brise, = et des campagnes
Remonte en brume épaisse au sommet des montagnes.

. . . .
L'univers ébranlé s'épouvante, = le Dieu,
D'un bras étincelant dardant un trait de feu.... etc....

Mais de toutes les césures la plus belle, sans contredit, est celle qui tombe après la troisième ou la neuvième syllabe, partageant ainsi le mètre dans les proportions les plus régulières, et coupant par moitié l'hémistiche, comme l'hémistiche lui-même coupe le vers. C'est une harmonie toute musicale. Ainsi, dans *Esther* :

Je l'ai trouvé couvert d'une affreuse poussière,
Revêtu de lambeaux, tout pâle, = mais son œil
Conservait sous la cendre encor le même orgueil.

Et dans le *Lutrin* :

Il tourne le bonnet; l'enfant lire, = et Brontin
Est le premier des noms qu'apporte le destin.

D'autre part, nous lisons dans *Britannicus* :

J'appelai de l'exil, je tirai de l'armée
Et ce même Sénèque et ce même Burrhus,
Qui depuis..... = Rome alors estimait leurs vertus.

Et ailleurs :

Je répondrai, madame, avec la liberté
D'un soldat = qui sait mal farder la vérité.

On sait comment l'auteur d'*Alcibiade* a gâté ce vers en le copiant :

Je répondrai, seigneur, avec la liberté
D'un Grec.......

Ce n'est qu'une syllabe de moins', et l'effet a disparu : tant le nombre a de puissance en poésie !

Jusqu'ici nous avons traité de l'harmonie du vers considéré isolément : il nous reste à parler des rhythmes formés par la succession de plusieurs vers de pareille ou de différente mesure. C'est ici que se représente, sous un aspect nouveau, notre loi des rapports aliquotes.

Il est inutile de remarquer que le rapport le plus parfait d'un nombre est avec lui-même, et qu'ainsi les vers de même mesure marchent toujours bien les uns avec les autres.

Mais, entre vers de mesures diverses, il y a un choix à faire ; il y a des consonnances à assortir, et cet assortiment est l'écueil ordinaire des hommes qui, avec plus ou moins d'esprit, veulent faire des vers sans avoir l'oreille poétique.

Le vers de dix syllabes aime à marcher seul. En effet, ce vers, par sa cadence, n'a que peu de rapports numériques avec ceux de douze, de huit et de sept syllabes. Le vers même de cinq syllabes ne peut s'allier avec lui, à cause de la césure particulière qui le coupe en deux parts inégales, l'une de quatre et l'autre de six. Le vers de sept syllabes est plus insociable encore : la relation de sept à six, de sept à huit, de sept à douze est si éloignée, si indirecte qu'il n'en peut résulter aucune consonnance. Il est facile de sentir combien est défectueuse cette fin de période, dans La Fontaine :

> Cesse donc de te plaindre, ou bien, pour te punir,
> Je t'ôterai ton plumage.

Nul rapport harmonique entre le premier vers et le second. Voilà donc des vers qu'il ne faut point marier : leur nature est de ne s'allier qu'avec eux-mêmes. Il n'en est pas ainsi de l'hexamètre. Son admirable structure, formée des combinaisons les plus heureuses, lui permet de s'unir à presque tous les mètres admis dans la poésie française, et principalement aux vers de trois et de quatre pieds.

Le vers de quatre pieds, qui présente avec l'hexamètre le rapport très-simple de deux à trois, forme avec lui un rhythme très-agréable, et dont nos bons poètes, Voltaire, Chaulieu, Gresset, Parny ont tiré souvent parti dans la poésie légère ou semi-sérieuse. Nos lyriques aussi l'ont fréquemment employé. Mais nulle part peut-être il ne se montre plus harmonieux que dans ces stances plaintives de Gilbert :

> Au banquet de la vie infortuné convive,
> J'apparus un jour, et je meurs !
> Je meurs, et sur la tombe où lentement j'arrive,
> Nul ne viendra verser des pleurs !

Mais la combinaison la plus heureuse, la plus féconde en rhythmes mélodieux, est celle du vers alexandrin avec le vers de six syllabes, qui, correspondant juste à sa moitié, présente avec lui le plus naturel des rapports et la plus parfaite des consonnances. Aussi cette forme est-elle celle que nos bons poètes lyriques paraissent avoir le plus affectionnée.

Elle se reproduit chez eux sous mille aspects différents et toujours pleins de charme. Ainsi, dans Malherbe :

Elle était de ce monde où les plus belles choses
Ont le pire destin,
Et Rose, elle a vécu ce que vivent les roses,
L'espace d'un matin.

Ailleurs, c'est un autre effet de rhythme, fondé sur la même association :

Je suis vaincu du temps, je cède à ses outrages ;
Mon esprit seulement, exempt de sa rigueur,
A de quoi témoigner en ses derniers ouvrages
Sa première vigueur.

Les puissantes faveurs dont Parnasse m'honore
Non loin de mon berceau commencèrent leur cours ;
Je les possédai jeune et les possède encore
A la fin de mes jours.

Ce que j'en ai reçu je veux te le produire ;
Tu verras mon adresse, et ton front cette fois
Sera ceint de rayons qu'on ne vit jamais luire
Sur la tête des rois.

Plus loin, c'est encore une combinaison nouvelle des mêmes éléments :

N'espérons plus, mon âme, aux promesses du monde ;
Sa lumière est un verre et sa faveur une onde
Que toujours quelque vent empêche de calmer.
Quittons ces vanités, lassons-nous de les suivre :
C'est Dieu qui nous fait vivre,
C'est Dieu qu'il faut aimer.

Dans la plus belle ode de J.-B. Rousseau, le même mélange se reproduit encore sous une forme différente :

> Des veilles, des travaux un faible cœur s'étonne :
> Apprenons toutefois que le fils de Latone,
>> Dont nous suivons la cour,
> Ne nous vend qu'à ce prix ces traits de vive flamme
> Et ces ailes de feu qui ravissent une âme
>> Au céleste séjour.

Autre coupe formée des mêmes nombres :

> Ce n'est donc point assez que ce peuple perfide,
> De la sainte cité profanateur stupide,
> Ait dans tout l'Orient porté ses étendards,
> Et, paisible tyran de la Grèce abattue,
>> Partage à notre vue
> La plus belle moitié du trône des Césars.

Le même mélange de vers a fourni à M. de Lamartine des accents pleins de mélodie :

> Un soir, t'en souvient-il ? nous voguions en silence ;
> On n'entendait au loin, sur l'onde et sous les cieux,
> Que le bruit des rameurs qui frappaient en cadence,
>> Tes flots harmonieux.

> Tout à coup des accents inconnus à la terre
> Du rivage charmé frappèrent les échos :
> Le flot fut attentif, et la voix qui m'est chère
>> Laissa tomber ces mots.

L'excellence de cette combinaison tient, nous l'avons dit, à la simplicité du rapport, qui est de deux à un, entre l'alexandrin et le petit vers qui l'accompagne. Le même rapport se reproduit avec le même bonheur dans l'alliance du vers de huit et du vers de quatre syllabes. C'est à cet accord que tient, en grande partie, le charme attendrissant de cette romance de Moncrif :

> Pour chasser de sa souvenance
> L'ami secret,
> On se donne tant de souffrance
> Pour peu d'effet !
> Une si douce fantaisie
> Toujours revient ;
> En songeant qu'il faut qu'on l'oublie,
> On s'en souvient.

Ainsi, le rapport de deux à un produit et le mètre le plus sonore, et la plus harmonieuse des alliances de vers, et la plus belle des césures, celle de trois syllabes, qui, coupant l'hémistiche par le milieu, comme l'hémistiche lui-même coupe l'alexandrin, fonde la cadence du vers sur le concours des consonnances les plus parfaites. Le rapport de deux à trois donne des résultats moins parfaits, mais flatteurs encore : le mètre de dix syllabes, l'alliance de l'hexamètre et du vers de quatre pieds, la césure de deux et de quatre syllabes. Les rapports plus fractionnés ne donnent lieu qu'à des combinaisons moins agréables. Enfin, ceux qui s'éloignent par trop, comme les rapports de cinq et de six à sept, de cinq et de sept à douze, et autres semblables, ne produisent qu'une véritable cacophonie. On peut en juger par ces vers de l'opéra de *Samson*, où l'on ne reconnaît guère l'auteur harmonieux de la *Henriade* et de *Sémiramis* :

Peuple, éveille-toi, romps tes fers,
Remonte à ta splendeur première,
Comme un jour Dieu, du haut des airs,
Rappellera les morts à la lumière,
Et ranimera l'univers,
La liberté t'appelle :
Tu naquis pour elle ;
Reprends tes concerts.
Peuple, éveille-toi, romps tes fers.
L'hiver détruit les fleurs et la verdure ;
Mais du flambeau du jour la féconde clarté
Ranime la nature
Et lui rend sa beauté.
L'affreux esclavage
Flétrit le courage ;
Mais la liberté
Relève sa grandeur et lui rend sa fierté.
Liberté ! Liberté !

Quelle série de dissonnances ! quelle claudication continuelle du rhythme ! quelle étrange association de nombres qui hurlent, comme eût dit Mirabeau, de se trouver accouplés ! Vous le voyez, on peut être un grand poète et n'avoir pas l'oreille lyrique. Voltaire a constamment échoué dans ce genre.

Il est une autre espèce de rhythme dont nous n'avons pas encore parlé : c'est celui que forment les séries de vers de petite mesure. Les vers de sept et de huit syllabes, trop courts pour comporter la césure régulière et pour renfermer ainsi dans un seul mètre une cadence distincte et complète, ne peuvent guère tirer leur valeur harmonique que de l'ensemble auquel ils concourent. Un de leurs plus heureux emplois est de former, en vers d'égale mesure, des

couplets ou strophes, dont la proportion est or-
dinairement de huit ou de dix vers. L'effet de
rhythme alors réside moins dans le vers que dans la
strophe. Aussi voyons-nous (chose bien remarquable !)
que celle-ci est astreinte aux césures fixes qui n'ont
pu trouver place dans la brièveté du vers ; tant sont
universelles les lois de la proportion et de la symé-
trie ! La strophe de huit vers a son repos au milieu,
comme l'alexandrin ; la strophe de dix vers, après le
quatrième, comme le pentamètre après la quatrième
syllabe. Pour exemple de la première coupe, prenons
ces beaux chants de Béranger, le *Temps* ou le *Vieux
Drapeau :*

> Sur cent premiers peuples célèbres,
> J'ai plongé cent peuples fameux
> Dans un abîme de ténèbres
> Où vous disparaîtrez comme eux.
> =J'ai couvert d'une ombre éternelle
> Des astres éteints dans leur cours.....
> —Ah ! par pitié, lui dit ma belle,
> Vieillard, épargnez nos amours.
>
> Mais, malgré moi, de votre monde
> La volupté charme les maux,
> Et de la nature féconde
> L'arbre immense étend ses rameaux.
> =Toujours sa tige renouvelle
> Des fruits que j'arrache toujours.....
> —Ah ! par pitié, lui dit ma belle,
> Vieillard, épargnez nos amours.

Remarquons, en passant, le bon effet que produit
encore ici cette autre suspension accidentelle après le

sixième vers. C'est l'équivalent de la belle césure de l'alexandrin après la neuvième syllabe : c'est la moitié subdivisée par sa moitié. De même dans le *Vieux Drapeau* :

> De mes vieux compagnons de gloire
> Je viens de me voir entouré.
> Les souvenirs m'ont enivré,
> Le vin m'a rendu la mémoire.
> =Fier de mes exploits et des leurs,
> J'ai mon drapeau dans ma chaumière :
> —Quand secouerai-je la poussière
> Qui ternit ses nobles couleurs ?

La strophe de dix vers a quelque chose de particulier : non-seulement sa disposition présente, dans des proportions plus étendues, la coupe du vers pentamètre, dix vers pour dix syllabes, et le repos après le quatrième vers pour le repos après la quatrième syllabe ; mais encore le second membre de la strophe est lui-même coupé par un demi-repos. Ainsi, dans cette belle strophe, l'oreille est charmée par le concours des rapports les plus flatteurs, et tandis que l'ensemble retrace l'harmonie du pentamètre, le second membre rappelle en quelque chose l'harmonie de l'alexandrin. Aussi cette forme est-elle singulièrement affectionnée de nos bons poètes lyriques. C'est celle de l'ode *à la Fortune*; c'est celle de l'ode à Buffon, de Le Brun, où se trouve cette comparaison brillante :

> Ainsi l'active chrysalide,
> Fuyant le jour et le plaisir,

Va filer son trésor liquide
Dans un mystérieux loisir.
=La Nymphe s'enferme avec joie
Dans ce tombeau d'or et de soie
Qui la cache aux profanes yeux,
—Certaine que ses nobles veilles
Enrichiront de leurs merveilles
Les rois, les belles et les dieux.

Le vers de sept syllabes entre également bien dans cette strophe :

Dans une éclatante voûte
Il a placé de ses mains
Ce soleil qui dans sa route
Éclaire tous les humains.
=Environné de lumière,
Cet astre ouvre sa carrière
Comme un époux glorieux,
—Qui, dès l'aube matinale,
De sa couche nuptiale
Sort brillant et radieux.

Et dans un genre tout différent :

J'ai vu mes tristes journées
Décliner vers leur penchant.
Au midi de mes années
Je touchais à mon couchant.
=La mort, déployant ses ailes,
Couvrait d'ombres éternelles
La clarté dont je jouis ;
—Et dans cette nuit funeste,
Je cherchais en vain le reste
De mes jours évanouis.

Voulez-vous faire une épreuve? Essayez de soustraire un vers à cette strophe. A l'instant vous sentez boiter le rhythme et disparaître l'harmonie. Rousseau lui-même nous en offre un exemple dans une autre pièce fort jolie de pensée, mais dont la mesure tronquée m'a toujours affligé l'oreille, même avant que j'eusse commencé à réfléchir sur les rhythmes poétiques:

> Quel respect imaginaire,
> Pour les cendres d'un époux
> Vous rend vous-même contraire
> A vos destins les plus doux?
> =Quand sa course fut bornée
> Par la fatale journée
> Qui le mit dans le tombeau,
> —Pensez-vous que l'hyménée
> N'ait pas éteint son flambeau?

C'est donc évidemment sur les divisions et les relations aliquotes que repose le système de notre versification. Toutefois cet exposé ne serait pas complet si, après avoir établi le principe, je n'indiquais aussi l'exception qui le modifie sans l'infirmer. On comprend que je veux parler de l'harmonie imitative. Il arrive parfois, en effet, que le poète, pour faire un tableau, dispose le vers ou la période sans égard aux lois de l'harmonie ordinaire: l'effet de nombre est alors subordonné à l'effet pittoresque. Ainsi, La Fontaine veut-il nous montrer de grandes promesses suivies d'un mince résultat? il fait contraster le plus long de nos mètres et le plus court:

C'est promettre beaucoup ; mais qu'en sort-il souvent ?
Du vent.

Le Roi-Lion, en se confessant, veut-il escamoter
l'aveu d'un gros péché? Il remplit de préparations tout
un grand alexandrin, et glisse ensuite le mot scabreux
dans un petit vers imperceptible :

> Même il m'est arrivé quelquefois de manger
> Le berger.

Malgré le peu d'affinité du vers pentamètre pour les
vers de huit et de douze syllabes, Racine a deux fois
mêlé ces divers mètres avec un grand bonheur. Dans
Esther, une jeune Israélite chante :

> Hélas ! si jeune encore,
> Par quel crime ai-je pu mériter mon malheur ?
> Ma vie à peine a commencé d'éclore :
> Je tomberai comme une fleur
> Qui n'a vu qu'une aurore.

Cela est ravissant. Cette mesure qui décroît à chaque
vers, qui semble, au dernier, s'éteindre et mourir
comme la fleur desséchée, comme la jeune fille expi-
rante, vous fait venir les larmes aux yeux. Le même
ouvrage nous offre un effet de dégradation non moins
beau, quoique d'un genre différent :

> Dieu, descends et reviens habiter parmi nous;
> Terre, frémis d'allégresse et de crainte;
> Et vous, sous sa Majesté sainte,
> Cieux, abaissez-vous.

Ne sentez-vous pas, dans cette magnifique période, le ciel qui s'abaisse de vers en vers, et Dieu qui descend au sein de son peuple? Ce sont là d'admirables licences, qu'il ne faut point confondre avec les lois générales du rhythme : ce sont des coupes imitatives, non des types harmoniques, et certes, ni Racine ni La Fontaine n'auraient écrit une pièce entière dans ce système. C'est au goût, c'est au sentiment à dicter à l'écrivain ces exceptions, qu'il serait dangereux de vouloir traduire en règle ou même en habitude.

J'ai dû borner cet examen à la poésie française, la seule dont les procédés me soient assez familiers pour qu'il me soit permis d'en parler avec quelque assurance. Mais je ne doute point que la même analyse, appliquée à d'autres systèmes de poésie, ne découvrît, dans la valeur des syllabes, dans la pose des accents, des lois analogues à celles que je viens d'exposer. Rien n'est arbitraire dans les arts : tout a sa raison, ou patente ou secrète; et si quelqu'un prétendait que les règles du rhythme sont de pures conventions, je répondrais que ces conventions n'ont pu se former que parce qu'elles avaient leur principe dans la nature ; que si telle ou telle combinaison a été généralement acceptée, c'est qu'elle correspondait à nos dispositions natives et qu'elle flattait nos organes. Et c'est en cela, pour le dire en terminant, qu'éclate l'erreur de quelques écrivains qui, dans ces derniers temps, ont prétendu renouveler les formes de notre poésie. Ils n'ont pas réfléchi que les lois dont ils déclinaient l'autorité n'étaient point l'ouvrage du caprice ou du hasard; que, si les maîtres de nos beaux siècles littéraires ont fixé chez nous la forme poétique, ce n'est point qu'ils l'aient imposée en souverains et par un acte de bon plaisir, mais parce que leur goût a su démêler et choisir, parmi les combinaisons diverses, les combinaisons les meilleures, les mieux assorties à notre manière de sentir. L'innovation n'a point prévalu; elle ne pouvait prévaloir, car on ne prévaut point contre la nature des choses ; le talent même est impuissant à lutter contre elle.